새벽달

책 만 드 는 집　시 인 선 1 9 2

새벽달

김창송　시집

책만드는집

얼마 만인가, 시詩가 내미는 손을 덥석 잡은 것이.

1달러를 올려놓고 치열한 전투를 치르던 협상 테이블을 벗어나 한숨 돌릴 때, 한밤중 상공을 나는 비행기 창문에서 지친 내 얼굴을 마주할 때 불쑥불쑥 고개를 내미는 시심詩心을 눈 질끈 감고 외면했던 세월이 얼마이던가.

아마도 신께서 보시기에 그런 내가 안쓰러우셨던가 보다.

이 나이에 시집을 내겠다고 용기를 낼 수 있도록 허락하신 걸 보면.

혹자는 이 나이에 무슨 짓이냐고 혀를 찰 수도 있겠으나 젊은 시절, 혈기 하나만을 가방에 챙겨 무역의 길을 트러 외국으로 나가던 무모하다면 무모한 용기를 다시 한번 내본다.

2022년 1월 1일
김창송

| 차례 |

2부

1부

개울물

무엇을 찾아 그리 쉼 없이 가느냐?

누구에게 등 떠밀려 멈추지도 못하느냐?

아래로, 아래로만 가는데 올려다볼 줄은 모르느냐?

손에 잡았는가 하면 바로 빠져나가고

맑고 고운 목소리로 노래하다가 무섭게 돌변하고

친구였다가 바로 적이 되기도 하는 너

그래도

지나온 길을 더듬어

언젠가는,

우리 다시 만날 수 있기를……

물꽃

물기둥이 힘차게 솟구쳐 오른다.
치솟아 올랐다 떨어지는 순간
아름다운 물꽃이 피었다 진다.

봄에 피는 새순이 싱그럽고
한여름의 녹음이 활기차다 해도
가을날
붉게 타오르는 단풍만큼 아름다울까.

아침 햇살이 가슴을 뛰게 한다면
저녁노을은 푸근한
안도감을 주지 않는가.

모두들
치솟는 물기둥을 보느라
떨어질 때 피는
물꽃을 보는 이가 없다.

저리도
화사하게 피었다가 지는 꽃을

개미

황금연휴라고
도시가 헐렁해진 휴일이다.

도심 속 공원에서
제 몸보다 몇 배는 큰
밥알 하나를 옮기느라 분주한
왕개미 한 마리

앞에서 끌다가
뒤에서 밀다가
끌어안고 구르다가……

밥알 하나가
세상 전부인 양
엎어져도 넘어져도
제집을 향해 악착같이 끌고 간다.

명절이나 연휴도 잊은 채
1달러를 찾아
지구를 마흔네 바퀴나 돈
비즈니스맨이여!

고목

동네 어귀에 서 있는
늙고 병든 느티나무
허리도 꺾이고 속도 비었다.

푸르렀던 그늘은 오간 데 없고
새소리도 떠난 지 오래,
빈 가지만 끙끙 앓는 소리를 낸다.

언젠가의 내 모습이런가.

흙으로 돌아가거들랑
내 고향에서
함께 봄을 맞이하자꾸나.

산정호수

물속을 들여다보니
명성산과 관음산을 통째로
품고 있다.
수양버들과 벚나무와
억새풀도 안고 있다.
밤이면
달과 별도 그냥 보내지 않고
쉬었다 가게 한다는 호수

바람이 맘대로 휘젓고 돌아다녀도
밀어내지 않고
출렁출렁 추임새까지 넣어준다.

둘레길을 걷노라니
울적한 내 마음을 안다는 듯
덥석 안아 다독다독

부고

이른 새벽
신문 던져지는 소리와
생뚱맞은 까마귀 소리에
잠에서 깼다.

웬일인지
등골이 서늘해지면서
가슴이 철렁 내려앉는다.

집어 든 조간신문
부고란에서
낯익은 얼굴이 활짝 웃고 있다.

아침 해도 조문을 갔나.
어둠이 걷힐 기미가 없다.

석양빛

석양빛 툇마루에 내려
젖은 손등 감싸준다.

석양빛 호반에 내려
별밭을 일군다.

석양빛 벌판에 내려
풍년을 노래한다.

석양빛 길가에 내려
발자국을 수놓는다.

석양빛 내 맘속에 내려
생의 뒤안길 반추한다.

실버타운

어느새
머리가 하얗게 세어버린
억새풀

언제까지나
짱짱할 줄 알았더니
금방이라도 주저앉을 듯
미풍에도 버석거린다.

그래도
여럿이 모여 있으니
서로 기댈 수 있어 좋다.

수평선

망망대해
끝도 없이 넓은 것 같지만
실은
외로운 외길이다.

그래서
갈매기도 불러보고
허공의 별도 품어본다.

속속들이 깊은 사연을
알아주는 이 없으니
밤이면 모래알을 헤아리며
웅얼웅얼 혼잣말을 하는 것이다.

등대만이
알아들었다고 눈을
끔벅끔벅

팽나무

모질고 험한 세상살이가
얼마나 버거웠을까만
늙은 몸을 목발에 의지한 채
눈인사하네.

지난 세월
겹겹이 키운 그늘로 열기를,
듬직한 몸으로 삭풍을 막아주면서
마을을 지켜준 수호신이여!

수백 년 장수의 비결은
무욕, 청렴, 나눔이라고
몸소 실천하며 가르쳐주는
우리의 스승

이 봄
메마른 가지에

이파리 몇 개 피워
노익장을 자랑하네.

석양에 피는 꽃

귀, 눈 어두워지고
머리에 서리 얹고서
지팡이 벗 삼아 산책을 나선다.
늙은 노래 흥얼거리며

아침에 읽은 글이 저녁이면 까마득하고
아파트 비밀번호도 수시로 깜박깜박
걸핏하면
보청기, 돋보기 찾아 여기저기 뒤적거리니
가족들 보기가 민망하다.

무슨 무슨 상조회라고
시도 때도 없이 찾아와서
그날을 준비하라고들 하는데

나는
이 산책길에서

시 한 수 쓰련다.
읽어주는 이 없더라도

굽은 길

비에 젖은 낙엽이
스산하게 뒹구는 석양 길을
굽은 허리로 어정어정 걸어간다.

앞서거니 뒤서거니
길 안내하는 지팡이 따라
그림자도 어정어정 뒤따라온다.

발자국마저
허리가 굽었는가.
똑바로 찍히지를 못한다.

한 순간, 순간이 연 꼬리처럼
망백望百까지 이어진다는 것을,
바위가 부서져
모래알이 된다는 것을 일찍 알았더라면……

내일은 더 어정거리며
이 길을 걸을 것이다.

고목나무에도 꽃이 핀다

초봄이다.

자연의 서열은 놀랍다. 차가운 바람도 아랑곳하지 않고 목련이 피고 뒤따라 벚꽃이 피고 지자 재롱둥이 손주 같은 진달래, 개나리가 고개를 내민다. 나비들도 바쁘게 이 꽃 저 꽃의 향을 물고 봄을 나른다. 이렇게 새봄이 찾아온 것이다.

낙상 사고로 그 어느 해보다 긴 겨울을 보냈다. 고통은 나에게 새로운 세상을 열어주었다. 아픔 없이는 축복을 알 수 없다던가. 나는 새봄처럼 다시 태어났다. 석양빛이 얼마나 남은 걸까를 헤아리기보다 석양빛도 화사하다는 것을 알았으니 이 얼마나 다행인가.

비록 지팡이 짚는 노인이 되었지만 새로운 꽃을 피워야겠다. 비즈니스맨으로 세계를 누비며 보고 느끼고 배운 것들, 눈물과 땀으로 바꾼 것들, 이 세상을 움직이는 것이 무엇인지, 이 세상은 무엇으로 어떻게 살아야 하는 것인지를

글로 써서 내 손주들에게 전해야겠다.

꽃의 향기는 노인에게도 공평하다.

난초

영정 속에서
검게 웃고 있다.

젊디젊은
난초꽃 옆에
나란히 앉은 작은 꽃들

저 여린 꽃들을 두고
어찌 발걸음을 떼었을까.

짧은 세상 뒤로하고
홀로
떠나버린 벗이여!

2부

수련

이른 아침
이슬 머금은 수련 한 송이
연못 속에서 미소 짓누나.

동트기 전부터
자갈밭 일구시느라
흙투성이 된 얼굴로
환하게 웃어주시던 어머니처럼

행복은 고생 끝에 온다는 것을
몸소 보여주는
겸양지덕謙讓之德의 꽃송이

너만은 꼭 사각모를 씌워줄 테니
어떤 고난 속에서도 공부하라시던
어머니의 목소리가 금방이라도
들릴 것만 같다.

친구

꼭두새벽부터
새로운 소식을 품고
다소곳이 앉아 나를
기다리고 있다.

시베리아 강바람의 절규도
베이징의 미세먼지, 멕시코의 난민 행렬과
북녘의 장마당, 남미의 산불 소식까지 담아 나르는
조간신문

온 세상의 사연들을
알아 오느라 지칠 만도 한데
불평 한마디 없다.

일주일에 하루
비어 있는 자리가 허전한 것이
나 혼자만은 아닌가 보다.

길고양이 한 마리가
그 자리에 웅크리고 앉아 있다.

새벽달

해가
뉘엿뉘엿 넘어갈 때면
석양을 등에 진 채
물동이를 이고 오시던 어머니

시베리아 두만강 가에서
굴 딱지를 캐시다가 달려와
부리나케 감자밥을 해주셨지요.

새벽닭이 울 때까지
해진 옷이나 고무신 밑창을 꿰매시던
그 거친 손

부처님 따라
구름 타고 오셨나요.

아들아! 아들아!

대문 두드리는 소리에 퍼뜩!
꿈속에서나마
당신의 품 안에 안겨봅니다.

당신이 가신 지 어언 60년
새벽달 속에 어머니 얼굴을 그려봅니다.

아버지

눈이 채 녹기도 전부터
산을 엎어 화전을 일구셨지요.
새것으로 갈아 끼운 보습이
또 두 동강이 나버리자
뒤돌아 한숨을 쉬시던 모습이 눈에 선합니다.

밤마다
희미한 등불 아래서 새끼를 꼬시고
이른 새벽부터
눈밭 속에서 땔감을 긁어모으셨지요.

비 오는 날은
때 묻은 목침 베고
『춘향전』을 읽으시던
그 목소리가 귓가에 쟁쟁합니다.

고희를 겨우 넘기시고

흙으로 가셨다는 소식은 들었지만
제 가슴에서
새벽별처럼 반짝이고 계십니다.

어머니 생신날

어머니!
이렇게 불러만 봅니다.

고등학교 교복을 입고 떠나던 날
차마 뒤돌아보지도 못한 자식이
헤어질 적 어머니보다
더 하얘진 머리에
지팡이까지 짚은 불효자가 되었습니다.

오늘은
당신이 태어나신 날
부처님도 함께 오셨다지요.

우리 집 뒷산에도
진달래가 활짝 피었겠네요.
어릴 적 보여주셨던
어머니의 그 고운 미소처럼

어머니!
임진강 망향대에 서서
목청껏 불러만 봅니다.

보고 싶은 어머니!

낚시터에서

손자들과 함께
낚시터에 갔다.
나란히 던진 낚시찌가
물 위에서 출렁거린다.
제일 큰 고기를 낚을 거라고
어깨를 으쓱거리는 손자 녀석들을 보며
내 어깨도 덩달아 올라간다.
낚시찌를 골똘히 보고 있는
손자들을 보느라
고기를 낚는 것조차 잊어버렸다.
녀석들의 높은 웃음소리가
호수 위에서 낚시찌 따라 통통 뛴다.

아버지 손을 잡고
바다낚시 가던 아홉 살짜리
나도 함께 뛴다.

손주들아

하늘의 솜씨 참으로 장하구나.
손녀 둘에 손자 셋
어디서 왔느냐?
하늘 문이 열릴 때마다
할아버지 할머니는 만세 삼창을 불렀단다.

집집마다 웃음꽃이 피어나고
집집마다 속 썩인다 아우성치더니만
어느새 부모 품 떠나
책과 씨름하더니
의젓한 젊은이로 자랐구나.

내일의 거목이 되기 위해
세계가 좁은 듯
새벽별을 좇으며
동분서주하는 너희들을 볼 때마다
할아버지 할머니는
만세 삼창을 부른단다.

연꽃

연꽃을 볼 때마다
아내 생각에 가슴이 찡하다.

60년을 비즈니스맨으로
휴일도 명절도 없이
지구를 마흔네 바퀴나 도는 동안
집안일은 나 몰라라 했었다.

홀로
가슴 졸이며 눈물 흘린 날이
얼마나 많았을까만
지친 몸으로 집에 돌아오면
연꽃처럼 환하게 웃어주던
아내

연못 속의
저 연꽃 봉오리를 볼 때마다

우리 처음 만나던 날
아내 얼굴에 수줍게 피어오르던
미소가 오늘인 듯
선명하다.

망향

열여덟 살에 떠나와
다시는 가지 못한 고향

부모 산소도 모르고
형제들의 생사도 알 수 없는
이 망할 놈의 남북 분단

휴일 아침
망향대에 앉아
하염없이 북녘만 바라본다.

철책 너머에서 날아온
비둘기 몇 마리 포르르
내 앞에 내려앉는다.

액자 1

고향 풍경을 그려
거실에 걸었다.
밭갈이 끝내고 돌아오던
그날을

어머니는 채반을 머리에 이고
아버지는 나뭇짐을 지고
나는 소 끌고
실개천을 건너고 있다.

폴짝폴짝 뛰는 나를 바라보시는
아버지와 어머니의 얼굴에는
함박웃음이 가득 피어 있다.

실개천에 배를 깔고
길게 누운 저녁노을도
활짝 웃고 있다.

액자 2

식탁 위에 걸려 있는 그림 속에는
고향집 평상 위에 차려진 감자 밥상에
온 식구가 둘러앉아 있다.

마루 기둥에 걸어놓은 호롱불 아래
상추쌈에 싼 감자를
입이 미어터져라 먹고 있는 식구들
김칫국에 들락거리는 숟가락이 분주하다.

저녁을 먹고는
밤새워 새끼 꼬는 아버지 옆에서
어머니는 해진 옷을 꿰매시고
쑥불 뽀얗게 피어오르는 마당에서
나는 반딧불이 쫓아 이리저리 뛰었었다.

하얀 쌀밥에 고깃국,
계절 나물과 신선한 생선으로 차려진

진수성찬의 저녁 식탁

애간장 녹이던 자식이
얼마나 잘 먹고 사는지
그림 속에서나마 흐뭇해하시리라.

그네

이현리 잔디밭에서
주인 없는 그네를 보노라니
저 먼저 타겠다고 떼쓰던
철부지 손주 녀석들의 울음소리가
귓가에 쟁쟁하다.

지금은 낯선 땅에서
책상에 머리 찧으며 밤을 지새우고
인생의 답을 찾기 위해
보스턴 강가를 하염없이 걷기도 한다는
성큼 자란 녀석들

이제는 그 녀석들이
이 사회의 기둥이 될 것이라는 생각에
가슴이 뭉클하다.

금의환향하여

잔치할 날을 고대하며
힘차게 빈 그네를 밀어본다.

맑은 햇살이
그네 위에서 왁자하다.

발자국

아내와 함께
눈 쌓인 길을 걷다가 뒤돌아보니
나란히 찍혀 있는 발자국들

비즈니스맨으로
해외로만 돌아친 남편 때문에
평생을
가슴 졸이며 산 아내의 발자국은
아직도
걱정과 눈물이 들어 있는 듯
내 쪽을 향해 기울어져 있다.

서로
같은 듯, 다른
잣나무와 소나무가
어깨를 나란히 하고 서 있다.
저들은 얼마만큼의 세월을 함께 보냈을까?

참 멀고 험한 길을
함께 걸어왔구나.
거칠고 주름진 아내의 손을
힘주어 잡는다.

길 떠난 톨스토이여

굽은 허리를
지팡이에 의지하여 걷다가는
허리 펴고 고개 젖혀 하늘을 본다.

무심한 흰 구름이 저만치로 달아난다.

꽃이 피고 지는 것도 모른 채
오대양 육대주를 몇 바퀴나 돌았을까.

세계 공황이나 IMF 돌풍도
멈추게 하지 못했던
애증의 60년 무역 인생이
저 구름만큼이나 아스라하다.

세상 짐 내려놓고 풀밭에 앉으려니
석양빛에 눈이 부시다.
무엇을 위해 그리도 숨차게 달려왔던가.

손안에 쥔 것이 무엇인가.

톨스토이여!
왜 길을 떠났는가.

녹슨 철모

이슬비 부슬부슬 내리는 현충일
조문객이 넘치는 현충원에서
무명용사기념탑의 녹슨 철모가
우산도 없이 비를 맞고 있다.

6·25 때 대학생이던 우리 형은
사각모 대신 철모를 쓰고
평양 시가전 싸움터에 뛰어들었다.

적의 수류탄에 맞아
후방 병원으로 이송되어
실낱같은 목숨은 건졌지만
낯선 타향에서 실명이 되고 말았다.

목사 지망생이었던 형이
영도다리 건너 육군보훈병원 중환자실에서
분노에 차 몸부림치다가

육군 이등병으로 어느 새벽에 떠나셨다.

녹슨 철모만 남긴 채……

약속

대학 등록금 마감 날이었다.
이리저리 뛰어다녀도
턱없이 부족한 등록금
인정머리 없는 초침은
1초, 1초……
타들어 가는 내 가슴 따위는
아랑곳하지 않는다.
해운대 적기 노동판 사장님께 달려가
염치 불고하고 통사정을 했다.
사모님이 부족액을 채워주시며
손을 꼭 잡고 힘주어 흔들어주셨다.
마감 시간 1분 전에
납부하고 돌아오는데
한강 다리가 출렁출렁 춤을 추었다.

어머니의 눈물인가.
갑자기 소낙비 쏟아내는 하늘에 대고

목청껏 외쳤다.

"어머니! 나 사각모 썼어."

성묘

추석날 아침
미수米壽의 몸으로 지팡이 짚고
망향각에 올라
북쪽을 향해 절을 하였다.

보름달도 고향에 못 갔는지
아침까지 걸려 있다.
오늘따라 강변이 처량하고
갈매기 날갯짓 소리도 애처롭기만 하다.

집 나서던 그날
소달구지 끌고 밭에 나가시며
"살아만 오라"시던 아버지와
주먹밥 건네시며 눈물짓던
어머니의 그 모습

아직도 눈에 생생한데

뒷산 언덕에 잠드셨단다.

언제일까
귀성열차 타고 갈 그날이,
셋째 아들이 열한 명의 식솔들 데리고
산소에 가서
성묘할 수 있는 그날이.

가묘假墓

두 분 다 돌아가셨다는 소식에
부모님 가묘를 만들었다.
떠나올 때 품속에 넣어주신
낡은 족보를 유골함에 담고
남몰래 흘린 눈물을 섞어
봉분을 얹고
열한 명의 남녀 자손이
꼭꼭 밟아가며 잔디를 심었다.
벚꽃과 목련, 진달래,
고향집 울타리에 피었던 개나리도 심었다.
날짜를 알 수 없는 제삿날 대신 찾아간
어머니 생신날
지팡이 짚은 노인이 된 아들을 보시고
당신 자식이 아니라고 하실까 두려운데
언제 피었는지
어머니께서 유난히도 좋아하시던
하얀 민들레꽃이

봉분 위에서 활짝 웃으며
맞이한다.

모자

너의
굿모닝 아침 인사
굿바이 저녁 인사

너는 워싱턴에서
나는 서울에서

오늘은 아파트 공원에서
네가 보낸 오바마의 독수리 모자를 쓰고
"우리 손녀 으뜸!" 하고
소리 높여 외쳐본다.

하늘은 항상 공평하단다.
너는
강한 의지로 지구촌 한가운데를
달리고 또 달릴 것이라 믿는다.

네가
모자를 고를 때의 그
손길이 닿은 듯 따뜻하구나.

우리 손녀 최고다.

3부

언덕에 오르며

낙엽 진 언덕길을
허덕허덕 오른다.
숨이 차고 땀이 솟는다.

누구의 소행인가.
그토록 싱싱하던 푸르름은 간데없고
누런 갈잎들만 바람에 나뒹군다.

잎을 떨구니
단풍나무인지 벚나무인지 알 수가 없다.
저들도
정년퇴직으로 명함을 잃었나 보다.

문패도 실체도 없는
저 허공의 임자는 누구인가.

내가 먼저
이름 짓고 상표 붙여 시장에 내놔볼까?

냇가에 앉아

얼마 만인가.
저 물소리와 마주 앉아
세상사를 주거니 받거니 한 것이

한 치 앞도 모르는 것이 인간사라더니
계단을 오르다
오른쪽 다리에 마비가 와서
병상일기 첫 장을 열게 되었다.

꽃이 피고 지고, 지고 또 피고
단풍이 세 번째 물든 오늘에야
내 다시 여기 왔다.

그날의 낭랑했던 물소리도
흐드러진 수양버들도 여전한데
나만이
백발에 지팡이를 짚었다.

내려다보는 흰 구름도
그날처럼 무심하구나.

인생이란

무 장사 하던 부산 피난 시절
자갈치시장 모퉁이에 리어카 놓고
"무 사이소! 무 사이소!" 목청껏 외쳤지.

까까머리 총각 닮아
팔뚝만 한 것이 실하다고 놀리며
아지매들 몰려들어 금방 팔았지.

다음 날은
며칠 번 돈을 몽땅 바쳐 많이 사 왔지.
잡상인 단속하는 날인 줄도 모르고

기마경찰 회초리 들고 쫓아오니
다른 행상들은 미꾸라지처럼
골목길로 쏙쏙 들어가 숨어버리는데

눈치코치 없던 나는

"무 사이소! 무 사이소!" 소리 높여 외치다가
기마경찰의 회초리에 흠씬 얻어맞고
피 흘리며 한길에 널브러졌었지.

한참 만에 눈을 뜨니
리어카는 부서져 버리고
무들은 죄다 동강이 나서 못 쓰게 되었지.

인생길이 험난하다는 걸
열여덟 살에 알아버렸지.

매봉산에 올라

매봉산 정자에 올랐다.
나는 헉헉대며 간신히 오른 길을
젊은이들은 배낭을 둘러메고도 가뿐하게 오른다.
8월도 벌써 마지막 주말
뜨겁던 염천 하늘은 어느새 기운을 잃고
흰 구름이 유유히 떠다닌다.
저 멀리서 아이들이 토끼를 쫓는다.
쫓는 아이는 신바람이 나서 뛰고
쫓기는 토끼는 겁에 질려 뛴다.

갑자기 까만 구름이 몰려오고
빗줄기가 쏟아질 것만 같다.
올해는
봄비보다 가을비가 유난히도 많다.

하늘 아래

무엇이 높고
무엇이 낮음인가.

낮음은 아픔과 고뇌이고
높음은 희열과 환희다.

최고가 되려면
가장 낮은 자리를 피하지 말고
높임을 받으려면
고개를 숙일 줄 알아야 하는 법

성공이란
하늘의 허락이 필요한 것
그래서 더 간절한 것이다.

황혼

어디에 불이 났는지
온 천지가 붉게 탄다.

푸른색은 어디로 갔나.
단풍잎이 수북하게 쌓여 있는 거리에
가을비가 추적추적 내린다.

생이 무엇인가.
무엇을 잡으려고
허겁지겁 달려왔나?

피었다 져서 나뒹구는
저
낙엽 같은 생인 것을

선인장

온몸에
가시를 품고
열대야 모래벌판에
우직하게 서 있네.

전생에 무슨 죄를 지어
가시를 품었나.

사랑도 증오도
속으로 삭이며
선인仙人처럼 살아서
선인장인가.

4부

하늘이시여

그날이 섣달 그믐날 밤이었어.
수출용 규석을 배에 싣느라 정신없는데
일본인 일등항해사가 오더니
과적하면 선원들 생명이 위험하다고 선적을 멈추라는
거야.

남은 물량을 다 실어야 올해 10만 달러 수출면장으로
새해 무역등록자격증을 얻을 수 있다고 애원했지.
옆에서 듣고만 있던 선장이 한참을 고민하더니
비상 식수만 남기고 나머지 물은 전부 버리라는 거야.

자정 가까운 시간이 되어서야 가까스로 전량을 실을 수
있었어.
수출면장을 두 손에 들고 "하늘이여! 하늘이시여!"를 외
쳐댔지.
서울행 야간열차에 몸을 실으니
귓가에 개선장군의 나팔 소리가 들리는 듯했어.

그림자

마치 유령 같구나.
언제나 검은 형상으로
말없이 서 있는 것이

곁에 있나 하면 없고
가버렸나 하면 뒤에 있고
손이라도 잡으려 하면
잡힐 듯 잡을 수 없는 허상이구나.

아침에는 서쪽으로
해 질 녘에는 동쪽으로
가을바람 스산한 골목까지 따라와
불평 한마디 하지 않고
아픔도 기쁨도 함께하는
나의 동반자여!

빈손

희수稀壽, 산수傘壽, 미수米壽, 천수天壽
꿈같은 세월이
구름처럼
허허롭기만 하구나.

보낸 이가 누구며
거둘 이는 또 누구인가.

흙에서 와서
흙으로 간다는
한 생

희로애락喜怒哀樂도
생로병사生老病死도
잠시 잠깐
모든 것이 그저
공수래공수거空手來空手去로구나.

휴일의 삽화

얼기설기 엇박자로 놓인
돌다리 사이로 내려오던 물이
바위에 부딪치니
자갈 자갈 자갈 자갈 수다스럽다.

벤치에 앉아 있는 젊은이 한 쌍
서로
등에 두른 팔이 다정하다.

강변에 휘늘어진
수양버들, 억새풀이 살랑살랑
춤을 추며 푸르름을 자랑한다.

까치 한 쌍이 마주 보고 앉아 있는
벚나무 아래로
왁자하니 자전거를 타고 가는
청춘 남녀들

흰 구름이 무심히 내려다본다.

토끼

매봉산 언덕에서
한가로이 노니는 토끼 한 쌍
형제인가 부부인가
다정도 하구나. 오물 오물 오물

서로
다투지도 할퀴지도 않고
오순도순 사는 너희들은
평화의 상징

시샘과 욕망으로
얼룩진 사람들에게
너희 세상을 보여주면 좋겠구나.

해는 서산으로
나는 내 집으로
너희도 어서 집으로 가려무나.

추억

70성상에
충무로에 있는
'아젤리아' 카페를 찾았다.
흘러나오는 〈Only You〉가
유난히도 감미롭다.

두 청춘
가슴 떨리던 만남 후
창가에 앉아
편지를 쓰며 듣던 노래다.

따라서 흥얼거리다 보니
젊은 날의 아내 모습이
감은 눈 속에 선명하다.

웃을 때
입을 가리던 하얀 손

살짝 보이던 가지런한 이
그날인 듯 상념에 젖었다.

퍼뜩!
눈을 떠 보니
유리창에 비친
저 낯선 노인은 누구인가.

단동 강변에서

강 건너 민둥산 아래
반쯤 허물어진 담벼락에
북한 경비병 셋이 기대서 있다.

아침으로 감자라도 구워 먹는지
검푸른 연기 피워 올리며
힐끗힐끗 우리 쪽을 바라본다.

이 엄동설한 신새벽부터
두꺼운 얼음 깨며 고기 잡는 노인네들
손을 들어 인사하는 모습이
순박한 우리 배달민족이다.

무슨 사연일까.
애기는 등에 업고 큰녀석 손을 끌며
황급히 달려가는 젊은 엄마 뒤를
검은 치마에 흰 저고리 입은 노인이

소리소리 지르며 쫓아간다.

바로
저들이 내 부모 형제들이고
강 건너 저기가 내 고향인데
불과 서너 발자국 남짓한 강폭을
건널 수 없어
그저 바라만 본다.

하모니카

첫 키스 할 때처럼
두 눈 살포시 감고
가만가만
입술을 더듬으며
불어야
감미롭게 반응한다.

수양버들

어쩌다 한 번쯤은
고개 들어 하늘을 볼 만도 한데
언제나
아래만 보고 서 있는 수양버들

실바람에도
한들한들 춤을 춘다고 말들 하지만
실은
소리 없는 몸부림이리라.

매번
고향 떠나와
쉬지 않고 흐르는 물을
바라보는 아픔이 얼마나 클까.

하루살이

시간이 없어
꿈을 이루지 못한다는 말이
얼마나 한심한 핑계인지
너는 알지.

하루가
한 생인 너는
우리가 80년, 90년을 살며
이루는 것들을
그 하루에 다 하지.

평생을 바쳐 찾아 헤매는
희로애락이 얼마나
부질없는 것인지
너는 진즉에 알지.

말이 필요 없어

입이 없는 너
날갯짓 하나로
힘든 세상을 살아내지.

소풍

봄바람이 두만강 변에 찾아오면 우리 소학교 전교생이 소풍을 갔다. 그때마다 나도 다른 아이들처럼 이밥 도시락을 싸달라고 며칠 전부터 어머니를 졸랐다. 할아버지 제삿날에나 먹을 수 있는 쌀밥을 싸달라고 철부지 아들이 떼를 쓰니 어머니 가슴이 얼마나 타들어 갔을까. 어머니는 죄인처럼 고개를 숙이고 돌아서서 뒤란으로 나가시고 큰누나가 선반에 감춰둔 흑설탕을 피밥 위에 뿌려주며 나를 달랬다. 설탕 뿌린 벤또가 더 맛있다고

아이들이 삼삼오오 짝을 지어 즐겁게 점심을 먹을 때 나는 멀리 떨어진 큰 바위 뒤에 숨어서 혼자 먹었는데 피밥 낟알은 알알이 흩어져서 젓가락으로는 집을 수 없으니 주머니에 넣어 온 숟가락으로 몰래 먹었다.

오늘은 어머니 생신날, 맛있는 음식을 바리바리 싸 들고 남녘의 자손들 어머니 가묘로 소풍 가는 날이다.

"어머니 천상에서라도 철부지 아들의 절을 받아주세요."

벚꽃

눈처럼 휘날리는 여린 꽃
지난봄에 피었던 그 꽃

떠들썩한 윤중로에서 피지 못하고
고즈넉한 이현리 산자락에 피었어도
사진을 품어주는 이가 있네.

다른 꽃들 마악 기지개 켜는데
바로 지고 있네.

누나의 손톱 같은
작은 잎 하나 주워 보니
아직도 숨결이 남아 있네.

그 어느 날엔가 꼭
다시 만나자는 말을 남기고
하르르 날아가 버리네.

허수아비

추수 끝난 논두렁에
홀로 서 있는 허수아비

킬킬거리는 바람이
찢어진 옷자락을 잡아채도
개구쟁이 녀석들이
돌팔매질을 해대도 항상
웃는 얼굴이다.

넓은 세상에
쪽방 한 칸 없는 신세지만
불평불만 없이 빈 들을 지킨다.

시시때때로 찾아오는
해와 달과 별
새와 바람과 함께 춤을 추면서

단비

주르륵주르륵
경쾌한 빗소리에 잠에서 깼다.
가로등 불빛에 취한
빗줄기가 춤을 추며 내린다.

바짝 말랐던 땅이
등을 곧추세우며 빗물을
빨아들인다.

정원의
소나무도 단풍나무도
어깨를 들썩거린다.

새벽이면
양재천이 신나게 노래하리라.

5월

오늘은 성년의 날
온 가족이 모여
손자의 성년을 축하했다.

아직도 철부지인 줄 알았는데
어깨가 두툼하고
힘줄이 불끈불끈하는 어른이라니
대견하면서도 안쓰럽다.

아카시나무도 성년이 된 듯
하얀 꽃을 주렁주렁 매달고
향기를 한 움큼씩 뿌려댄다.

봄꽃들이
수선스러운 5월의 길목에서
아카시꽃 향기에 흠뻑 취해본다.

새치기

밤새 내린 눈 위에
첫 번째로 발자국을 찍고 싶어
신새벽에 공원으로 나갔다.

아뿔싸!

강아지가 한바탕 뛰어놀고
새들이 아장아장,
다람쥐도 쪼르르
발자국들을 찍어놓았다.

뭐지?
기껏 상담해 놓고
계약서에 사인하기 직전,
다른 업체에 빼앗긴 것만 같은
이 허탈한 기분은

민들레

철조망을 사이에 두고
남쪽과 북쪽에 핀 민들레꽃

실바람이 솔솔 불자
슬그머니 하얀 씨앗들을 날려 보낸다.

남쪽에서 북쪽으로
북쪽에서 남쪽으로

오호라!
너희를 철조망도 막지 못하는구나.
보내고 싶으면 보내고
가고 싶으면 갈 수 있구나.

민들레꽃 위에
어머니 아버지의 얼굴을
얹어본다.

성찬盛饌

피난 시절
영도다리 아래
낚싯배에서 살고 있는 가족들이
올망졸망 둘러앉았던 밥상.
밥상이래야
나무상자 위에 놓인 꿀꿀이죽
한 냄비뿐인데도
웃음소리가
갈매기 등을 타고 날아올랐지.
막걸리 대신 마신
행복 한 사발에
얼큰하게 취한 가장의 얼굴.

발걸음을 떼지 못하고
눈물을 한 바가지나 쏟는
내 등을
석양빛이 토닥여 주었지.

고려인 젊은이들이여

그대들의 증조할아버지와 할아버지는
나라를 잃고 두만강을 건너갔지.

낯설고 물선 시베리아 동토에서
언 땅을 파서 움막을 짓고 두더지처럼 살았지.

지독한 추위와 배고픔 속에서도
나라를 찾겠다는 일념으로 왜놈들과 싸웠지.

조국 광복 72주년 종소리와 함께
최재형장학회의 등불이 켜졌다네.

할아버지의 나라 사랑 얼을 이어받아
시베리아 벌판의 기상을 이어받아

가을바람에 흩어지는 코스모스 꽃씨처럼
그 등불 멀리멀리 밝히세.

손에 손을 잡고 꼬레아 꼬레아 우리 외치세.
멀리까지 흩어져 있는 우리 젊은이들이여!

그만하면 되었다

예복 말쑥하게 차려입고
피아노 건반에 맞춰 입장하는
신부를 맞은 것이 엊그제 같은데
빛바랜 사진이 되었다.

꿈을 꾸었나.
반세기 넘게 쉬지 않고 달려오느라
턱에 차오르는 숨을
채 고르지도 못했는데
지팡이 앞세우는 신세가 되었다.

뒤돌아보니
무엇을 잡으려 그리도 달려왔던가.
남은 것이 무엇인가.
회한뿐인가 싶었는데

눈앞에 있는

손주 녀석 다섯이
하늘보다 높구나.

그만하면 되었다.
하늘이여 내려오소서!

졸업식

제24회 한일경로대학 졸업식이다.
난생처음으로 받아 든 졸업장을
높이 들고 흔드는 할머니들.
뒤뚱거리는 증손주가
앙증맞게 내미는 꽃다발을 받으며
주름꽃이 활짝 핀다.
"우리 할머니 최고!"라며
번쩍 안는 손자의 가슴을 콩콩 칠 때는
주름진 얼굴이 사춘기 소녀처럼 발그레하다.
졸업 사진을 찍는 경로 학생들을 보노라니
고등학생이던 나에게
가갸거겨 배우시다 생이별한 어머니 생각에
눈시울이 뜨거워진다.
끝까지 가르쳐드렸더라면
생전에
꼬깃하게 접은 메모라도 한 장
받을 수 있었을까.

삐뚤빼뚤 쓴 시화詩畵가
식장 입구에 당당하게 서 있다.

따뜻한 숨결로 쓴 핏줄의 내밀한 기록

신달자 대한민국예술원 회원·시인

"신을 본 사람은 없다. 그러나 만약 서로 사랑한다면 신은 우리 가슴에 머물 것이다"

톨스토이의 말이다.

김창송 시인의 모든 시에는 진한 사랑이 보인다. 그늘까지도 끌어안아 한 덩어리로 모으는 따뜻한 긍정의 사랑이 만져진다. 그러므로 그의 생은 본인만이 아니라 주변 사람들도 편안하고 따뜻하게 했을 것이다. 사랑은 힘겨운 계단을 한 칸, 한 칸 오를 수 있게 하는 힘이다. 계단은 오로지 자신의 힘으로 오르지만 다 오르고 나서 바라보면 누군가와 함께 올랐다는 사실을 깨닫게 된다.

김 시인의 시는 오롯한 자신의 힘으로 만든 사랑을 주변과 함께 공유하고 균형 잡을 것을 절박하게 말하고 있다. 그렇게 균형을 이루는 행복 안에는 폭풍과 천둥이 숨어 있었다. 이 시집의 핵심은 바로 폭풍과 천둥을 거쳐 오늘이 존재하는 감사함의 과정을 그린 것이라고 볼 수 있다. 그 사랑의 주인공은 가족들이다. 작두날로도 끊을 수 없는 치유의 줄거리가 시집에 펼쳐져 있다. 이 시집은 따뜻한 숨결로 쓰고 말하는 핏줄의 내밀한 기록이다.

모질고 험한 세상살이가
얼마나 버거웠을까만
늙은 몸을 목발에 의지한 채
눈인사하네.

지난 세월
겹겹이 키운 그늘로 열기를,
듬직한 몸으로 삭풍을 막아주면서
마을을 지켜준 수호신이여!

수백 년 장수의 비결은
무욕, 청렴, 나눔이라고

몸소 실천하며 가르쳐주는
우리의 스승

이 봄
메마른 가지에
이파리 몇 개 피워
노익장을 자랑하네.
　-「팽나무」전문

어느새
머리가 하얗게 세어버린
억새풀

언제까지나
짱짱할 줄 알았더니
금방이라도 주저앉을 듯
미풍에도 버석거린다.

그래도
여럿이 모여 있으니
서로 기댈 수 있어 좋다.

-「실버타운」전문

세상에는 '된다'와 '안 된다'가 존재한다. 이 두 가지 질서를 균형 있게 읽어가는 사람들을 우리는 성공한 사람이라고 말한다. 선하면 유리하다는 말이 있지 아니한가. 그러므로 행운을 불러오는 것이리라. 인간에게는 예외가 없다. 푸르게 짱짱할 줄 알고 살지만, 언젠가는 미풍에도 버석거리는 약한 존재로 변한다는 철칙에서 누구나 벗어날 수 없는 것이다. 그러나 폭우에도 폭설에도 폭풍에도 서로 기댈 수 있는 동반자가 있다는 것, 그것이 어쩌면 인간에게는 가장 큰 행운일 수 있을 것이다. 김창송 시인에게는 이러한 인생의 철칙을 진즉에 알고 그 철칙에 순응하며 고요히 따라간 선량함이 있다. 그러므로 서로 기댈 수 있어 좋은 친구들을 곁에 둘 수 있는 행운을 누리는 것이리라.

그에겐 생이별한 어머니와 아버지에 대한 절절한 그리움이 있었고 그 그리움이 생을 지탱할 수 있는 내적 강인함이 되었음을 시에서 보여주고 있다. 그래서일까? 사랑은 아름다운 꽃이지만 그 꽃은 가파른 낭떠러지 끝에 가서야만 딸 수 있으므로 그 꽃을 갖기 위해서는 용기가 필요하다는 말이 시 편편에 배어 있다. 그래서 시는 바로 그 사람이며 그 사람은 또한 시를 빚었다고 하는 것이다.

눈이 채 녹기도 전부터
산을 엎어 화전을 일구셨지요.
새것으로 갈아 끼운 보습이
또 두 동강이 나버리자
뒤돌아 한숨을 쉬시던 모습이 눈에 선합니다.

밤마다
희미한 등불 아래서 새끼를 꼬시고
이른 새벽부터
눈밭 속에서 땔감을 긁어모으셨지요.

비 오는 날은
때 묻은 목침 베고
『춘향전』을 읽으시던
그 목소리가 귓가에 쟁쟁합니다.

고희를 겨우 넘기시고
흙으로 가셨다는 소식은 들었지만
제 가슴에서

새벽별처럼 반짝이고 계십니다.
　－「아버지」전문

어머니!
이렇게 불러만 봅니다.

고등학교 교복을 입고 떠나던 날
차마 뒤돌아보지도 못한 자식이
헤어질 적 어머니보다
더 하얘진 머리에
지팡이까지 짚은 불효자가 되었습니다.

오늘은
당신이 태어나신 날
부처님도 함께 오셨다지요.

우리 집 뒷산에도
진달래가 활짝 피었겠네요.
어릴 적 보여주셨던
어머니의 그 고운 미소처럼

어머니!
임진강 망향대에 서서
목청껏 불러만 봅니다.

보고 싶은 어머니!
    －「어머니 생신날」 전문

  김창송 시인은 삶의 원천이 가족이다. 그 본성과 근원이 핏줄이다. 삶에서 새로운 도전이 필요할 때마다 그는 가족으로 하여 의지가 불타오른다. 그러므로 그의 시의 핵심은 바로 가족이다. 시가 가족으로부터 시작하여 가족으로 마무리된다. 가족의 의미와 가치를, 그 사랑을 머리부터 발끝까지 겹겹이 무장하고 있는 사람이라 해도 과언이 아닐 것이다. 가족이라는 이름이야말로 김 시인 삶의 지지대이며 시로 이끈 튼튼한 지렛대가 되었다. 아버지 어머니, 아내와 자식들, 손주들이 김 시인에게는 이 세상에서 가장 뜨거운 불꽃인 것이다.

  열여덟 살에 혈혈단신으로 남하했다. 그 외로움과 막막함을 무엇에 비길 것인가. 그래도 그는 어머니와의 약속을 지키기 위하여 사각모를 썼고 학교를 쉬다, 가다를 반복하였지만 드디어 경영학 석사가 되었다. 또한 무역회사 '성원교역'을 창립하여 가난하고 힘없는 대한민국을 발로 뛰어 세계에 알리고 우리나라 경제 발전에 기여를 한 기업인이 되었다.

그의 지난至難한 인생사는 바로 수필이 되고 시가 되었다. 이런 사람을 우리는 '성공한 사람'이라고 부르지 않던가. 글을 쓰다가 이 대목에서 김 시인에게 박수를 보내고 싶어진다. 성공이란 누구나 다 누릴 수 있는 것이 아니다. 수난과 결핍, 그리고 비극을 안아들이고 뛰어넘을 줄 아는 사람에게만 주어지는 특권이기 때문이다.

사랑이란 돌처럼 한번 놓인 그 자리에 그대로 있는 게 아니다. 그것은 빵처럼 언제나 새로운 반죽으로 새로 구워내야만 하는 것이 아닐까. 고통의 강렬함이 그 고통을 극복하게 만드는 재료 아닌가. 고통에는 이미 신의 증거가 담겨 있으며 크나큰 아픔을 견디며 나아갈 때 인간은 구원에 이르러 자신이 하고 싶은 일 앞에 서 있게 될 것이다. 김창송 시인이 그렇다. 다시 말하지만 시련이 없으면 축복도 없다는 것을 우리는 잘 알고 있다. 그의 시는 일상사를 노래하는 것이지만 사실 문학의 핵심을 노래하고 있는 것이다.

열여덟 살에 떠나와

다시는 가지 못한 고향

부모 산소도 모르고
형제들의 생사도 알 수 없는
이 망할 놈의 남북 분단

휴일 아침
망향대에 앉아
하염없이 북녘만 바라본다.

철책 너머에서 날아온
비둘기 몇 마리 포르르
내 앞에 내려앉는다.
　　－「망향」 전문

　「망향」은 "이 망할 놈의 남북 분단"이라는 직설적인 표현으로 저릿한 공감을 자아낸다. 남북 분단은 우리 모두의 참담한 불행이며 오욕이다. 그 땅에 핏줄이 남겨져 있어 그리움이 사무쳐도 만나지 못한 채 영원으로 떠나게 되었다면 그 마음 또한 헤아릴 길이 없을 것이다. 닳도록 바라보아도 길이 없는 길, 스무 날을 밤낮으로 울어도 젖지 않는 길, 그 아픈 길을, 그 '거리두기'를 애타게 노래하고 있는 것이다. 그러나 그 그리움이 끝이 아니다.

두 분 다 돌아가셨다는 소식에
부모님 가묘를 만들었다.
떠나올 때 품속에 넣어주신
낡은 족보를 유골함에 담고
남몰래 흘린 눈물을 섞어
봉분을 얹고
열한 명의 남녀 자손이
꼭꼭 밟아가며 잔디를 심었다.
벚꽃과 목련, 진달래,
고향집 울타리에 피었던 개나리도 심었다.
　　－「가묘假墓」 부분

「가묘」의 한 부분이다. 유골 없는 가묘를 만들어놓고 남녀
가족들이 꼭꼭 밟아가며 잔디를 심고 성묘를 하는 모습을 상상
해 보시라. 눈물로 다 표현하지 못할 가슴 저린 아픔이 전해져
오지 않는가. 품속에 넣어준 족보를 어머니와 아버지의 살과
뼈로 삼아 묻고 고향집 울타리에 있는 개나리도 심었다 한다.
마음이 거기 있지 아니하면 보아도 보이지 않고 들어도 들리지
않고 먹어도 그 맛을 모른다는 말이 있지 않은가. 족보를 넣고
가족들이 사랑을 다지고 개나리도 심었으니 몸은 먼 곳에 계셔

도 마음은 한 덩어리가 되었다 해도 과장이 아니리라. 그러니
그 그리움이 생명의 무게로 김 시인에게 버팀목이 되었으리라.

고향 풍경을 그려
거실에 걸었다.
밭갈이 끝내고 돌아오던
그날을

어머니는 채반을 머리에 이고
아버지는 나뭇짐을 지고
나는 소 끌고
실개천을 건너고 있다.

폴짝폴짝 뛰는 나를 바라보시는
아버지와 어머니의 얼굴에는
함박웃음이 가득 피어 있다.

실개천에 배를 깔고
길게 누운 저녁노을도
활짝 웃고 있다.
－「액자 1」 전문

식탁 위에 걸려 있는 그림 속에는
고향집 평상 위에 차려진 감자 밥상에
온 식구가 둘러앉아 있다.

마루 기둥에 걸어놓은 호롱불 아래
상추쌈에 싼 감자를
입이 미어터져라 먹고 있는 식구들
김칫국에 들락거리는 숟가락이 분주하다.

저녁을 먹고는
밤새워 새끼 꼬는 아버지 옆에서
어머니는 해진 옷을 꿰매시고
쑥불 뽀얗게 피어오르는 마당에서
나는 반딧불이 쫓아 이리저리 뛰었었다.

하얀 쌀밥에 고깃국,
계절 나물과 신선한 생선으로 차려진
진수성찬의 저녁 식탁

애간장 녹이던 자식이

얼마나 잘 먹고 사는지

그림 속에서나마 흐뭇해하시리라.

－「액자 2」전문

　「액자」1, 2 두 편 다 저절로 입가에 웃음이 번지는 행복한 추억이다. 때론 추억도 큰 선물이다. 고깃국과 쌀밥을 먹는 모습을 바라보시라고 액자를 걸어놓고 있는 김 시인에게는 생生과 사死가 없다. 지금도 어머니 아버지가 함께 사시는 것이다. 무엇을 놓치겠는가. 무엇을 숨기겠는가. 마음의 결과 안을, 무게를, 온도를 부모님과 함께 보고 느끼고 있는 이 원탁의 삶이야말로 김 시인이 바라고 소망하는 삶의 현장이 아니고 무엇이겠는가. 그렇다. 그러면 되었다. 더 무엇을 바라겠는가. 아내와 자녀와 손주들이 뚜렷한 자기 자리에서 저 액자를 바라보고 있으니 이만하면 되었다고 하는 시인의 말에 백번 공감한다.

　아내와 함께

　눈 쌓인 길을 걷다가 뒤돌아보니

　나란히 찍혀 있는 발자국들

　비즈니스맨으로

　해외로만 돌아친 남편 때문에

평생을
가슴 졸이며 산 아내의 발자국은
아직도
걱정과 눈물이 들어 있는 듯
내 쪽을 향해 기울어져 있다.

서로
같은 듯, 다른
잣나무와 소나무가
어깨를 나란히 하고 서 있다.
저들은 얼마만큼의 세월을 함께 보냈을까?

참 멀고 험한 길을
함께 걸어왔구나.
거칠고 주름진 아내의 손을
힘주어 잡는다.
－「발자국」 전문

예복 말쑥하게 차려입고
피아노 건반에 맞춰 입장하는
신부를 맞은 것이 엊그제 같은데

빛바랜 사진이 되었다.

꿈을 꾸었나.
반세기 넘게 쉬지 않고 달려오느라
턱에 차오르는 숨을
채 고르지도 못했는데
지팡이 앞세우는 신세가 되었다.

뒤돌아보니
무엇을 잡으려 그리도 달려왔던가.
남은 것이 무엇인가.
회한뿐인가 싶었는데

눈앞에 있는
손주 녀석 다섯이
하늘보다 높구나.

그만하면 되었다.
하늘이여 내려오소서!
－「그만하면 되었다」 전문

이것은 분명히 시집이다. 그러나 이 시집을 펴는 순간, 이 시집은 무거운 소설집으로 다가올 것이다. 시를 읽되 거대한 소설이 우리의 가슴으로 성큼 들어오게 될 것이다. 김 시인의 생애는 힘겨웠지만 따뜻했다. 한 편의 아름다운 이야기다. 눈 내리는 날 따뜻한 차라도 마시며 기억하고 웃는, 그리고 한 번쯤 울먹이며 눈 내리는 창밖을 바라보는 이야기…… 그 이야기가 향기 있는 시詩로 새로운 발자국을 찍으니 그 빛이 어둠을 뚫는다. 세상에 그 어떤 대가를 지불하고서라도 얻고 싶은 것이 있다면 그것은 바로 인간관계다. 그중에서도 가장 소중한 것은 가족이 아니겠는가.

김 시인에게 수난은 한 알의 종합영양제였으리라. 다시 시인의 말대로 그대들에게 말한다. 그리고 저 하늘의 주인에게 말한다. 그만하면 되었소. 이 시를 읽는 독자들도 모두 합창을 할 것이다. "그래, 그만하면 되었소."

새벽달

—

초판 1쇄 2022년 1월 1일
지은이 김창송
펴낸이 김영재
펴낸곳 책만드는집

—

주소 서울 마포구 양화로3길 99, 4층 (04022)
전화 3142-1585·6
팩스 336-8908
전자우편 chaekjip@naver.com
출판등록 1994년 1월 13일 제10-927호
ⓒ 김창송, 2022

—

—

ISBN 978-89-7944-792-7 (04810)
ISBN 978-89-7944-354-7 (세트)